JOYCE MEYER

Campo de Paz

Field of Peace

a. Bocados Salvajes
b. Java de la Selva
c. Biblioteca Sabana
d. Casa de Huesos
e. Seguridad Amazonas
f. Escuela Diaria
g. Peluquería Peluche
h. Correo del Ártico
i. Bolos del Mono
j. Piscina Marsopa
k. Juguetes Tigre
l. Mercado Cocodrilo

a. Beatsy Bites
b. Jungle Java
c. Savanna Library
d. House of Bones
e. Amazon Security
f. Everyday School
g. Wild'n'Wooly
   Barber Shop
h. Arctic House
   Post Office
i. Moneky Bowl
j. Porpoise Pool
k. Big Cat Toys
l. Gator Grocery

Bruno = Boyd

Arnoldo = Arnold

Entrenador Paco =
Coach Pouch

Pepe = Harley

Pepa = Hayley

El árbitro =
The Umpire

La misión de Editorial Vida es ser la compañía líder en satisfacer las necesidades de las personas con recursos cuyo contenido glorifique al Señor Jesucristo y promueva principios bíblicos.

CAMPO DE PAZ
Edición en español publicada por
Editorial Vida – 2013
Miami, Florida

Copyright © 2013 por Joyce Meyer
Ilustraciones © 2012 por Zondervan

Originally published in the USA under the title:
Field of Peace
Copyright © 2012 by Joyce Meyer
Illustrations © 2012 by Zondervan
Joyce Meyer is represented by Thomas J. Winters of Winters, King & Associates, Inc., Tulsa, Oklahoma.
Published by permission of Zondervan, Grand Rapids, Michigan 49530.

Editora en jefe: *Graciela Lelli*
Traducción: *Kerstin Lundquist*
Edición: *Madeline Díaz*
Adaptación diseño interior: *Good Idea Production, Inc.*
Ilustraciones: *Mary Sullivan*
Colaboradores: *Jill Gorey y Nancy Haller*
Diseño de Arte: *Cindy Davis*

ISBN: 978-0-8297-6510-6

CATEGORÍA: JUVENIL FICCIÓN/Cristiano

HECHO EN CHINA
MADE IN CHINA

13 14 15 16 17 ❖ 8 7 6 5 4 3 2 1

Dedico este libro a mi nieto Chase,
cuya sonrisa ilumina toda una habitación.
—J. M.

This book is dedicated to my grandson Chase,
whose smile lights up an entire room.
—J. M.

A Jessie y Edgar
—M. S.

To Jessie and Edgar
—M. S.

JOYCE MEYER

Campo de Paz

Field of Peace

Ilustrado por:
Illustrated by: **MARY SULLIVAN**

Vidaniños®

Que gobierne en sus corazones la paz de Cristo.

Colosenses 3:15

Let the peace of Christ rule in your hearts ...

Colossians 3:15

El Everyday Zoo bullía de entusiasmo. Transcurría la temporada de béisbol, y los Salvajes estaban por ganar el campeonato.

Everyday Zoo was buzzing with excitement. It was baseball season, and the Wilds were on their way to winning the championship.

—¡Cuidado Gaby! ¡Aquí… viene… mi… PELOTA LOCA! —gritó Bruno desde el montículo del lanzador. Luego hizo un tremendo giro con su brazo y la pelota zigzagueó por el aire hacia la gansa Gabriela.

"Watch out, Gabby! Here…comes…my …CRAZY BALL!" Boyd shouted from the pitcher's mound. Then he swung his arm wildly and the ball zig-zagged through the air toward Gabriella Goose.

—¡Strike treees! —proclamó el árbitro.

—¡Buen partido! —exclamó Arnoldo Armadillo.

—¡Volvimos a ganar! —celebró Bruno, dando unos saltos de victoria—. ¡Gracias, Dios, por este gran juego!

The umpire yelled, "Steee-rike three!"

"Great game!" Arnold Armadillo shouted.

"We win again!" Boyd cheered, as he did a little victory dance.

"Thank you, God, for a great game!"

Al día siguiente, una foto de Bruno apareció en el periódico.

The next day, Boyd's picture was in the newspaper.

—Lo más FANTÁSTICO sería ganar el campeonato —dijo Bruno—. ¡He esperado por eso toda mi vida!

—Solo tienes siete años de edad —le recordó Pepe.

Bruno no veía el momento de ganar el trofeo.

"Winning the championship would be the most AWESOME thing in the entire world!" Boyd said. "I've waited my whole life for this!"

"But you're only seven," Harley reminded him.

Boyd couldn't wait to win that trophy.

—**¡Es hora de jugar a la pelota!**
—gritó el árbitro.

"Time to play ball!"
the umpire shouted.

Los jugadores ocuparon sus lugares en el campo de juego. Bruno se encontraba en el montículo del lanzador, cada vez que lanzaba la pelota,

The players took their places on the field. Boyd stood on the mound, and every time he pitched the ball,

zigzagueaba… y ondulaba…

it zigged … and zagged …

y zumbaba por el aire, ponchando a cada bateador.

and zoomed through the air—striking out each batter.

—¡Esa es la manera de hacerlo, Bruno, el experto en bolas locas! —lo animaba Arnoldo.

Arnold cheered, "Way to go, Crazy-Ball Boyd!"

Jugaban otro partido emocionante, y los Salvajes iban ganando, hasta que le tocó batear a Arnoldo.

It was another exciting game, and the Wilds were ahead, until it was Arnold's turn at bat.

Arnoldo se dirigió al montículo.

Arnold marched up to the plate.

Justo en el momento en que iba a batear, una abeja llegó zumbando y se posó en su nariz.

Just as he was about to swing, a bumblebee landed on his nose.

Arnoldo se contoneó y sacudió, y dio vueltas alrededor tratando de alejar a la abeja.

Arnold wiggled and jiggled and jumped all around trying to get it off.

Pero en vez de que Arnoldo golpeara la pelota… ¡la pelota lo golpeó a él!

And instead of Arnold hitting the ball… the ball hit Arnold.

—¿Adónde se fue Arnoldo? —le preguntó Pepe al entrenador Paco.
—Aquí está —dijo el entrenador, señalando a una bola grande y desnivelada que se hallaba junto al montículo—. Así se protegen los armadillos cuando tienen miedo.

"Where did Arnold go?" Harley asked Coach Pouch.
"Right there," Coach said, pointing to a large, bumpy-looking ball sitting next to home plate. "That's how armadillos protect themselves when they're scared."

Y durante el resto del partido, cada vez que la pelota se acercaba demasiado…

And for the rest of the game, whenever the ball got too close…

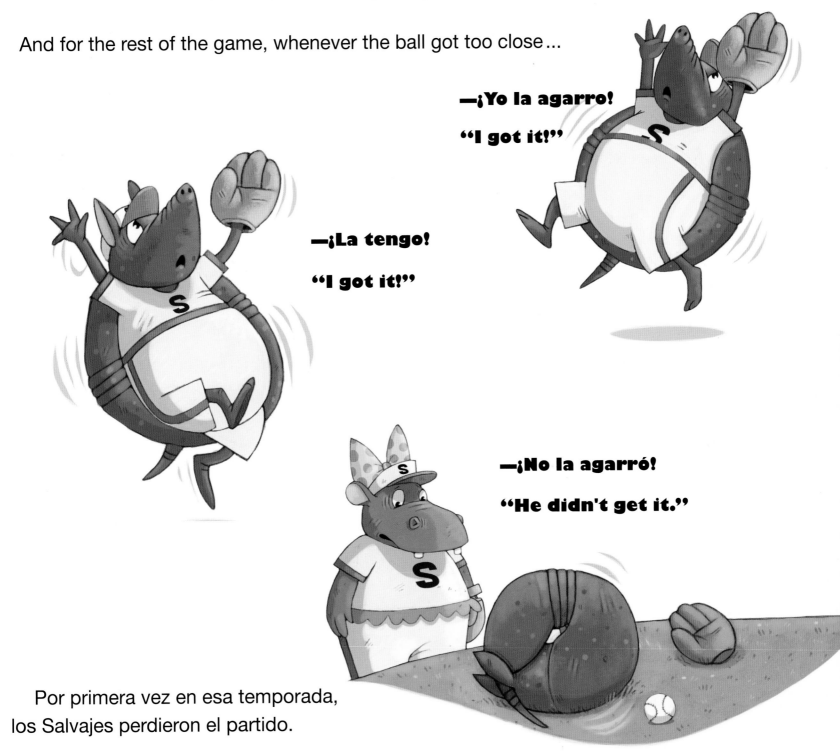

—¡Yo la agarro!

"I got it!"

—¡La tengo!

"I got it!"

—¡No la agarró!

"He didn't get it."

Por primera vez en esa temporada,
los Salvajes perdieron el partido.

For the first time that season, the Wilds lost a game.

Arnoldo se sintió muy mal. Bruno se sintió peor. Él en realidad quería ganar el trofeo.

El entrenador le dio unas palmadas en la espalda.

—No te preocupes —le dijo—. El próximo partido será mejor.

Arnold felt terrible. Boyd felt worse. He really wanted to win that trophy.

Coach patted Arnold on the back. "Don't worry," he said. "The next game will be better."

Pero no fue así. Sucedió lo mismo… una y otra vez.

But it wasn't. The same thing happened … again and again.

—Está bien. Ya puedes salir, Arnoldo. El partido terminó.

"It's okay. You can come out now, Arnold. The game is over."

—Arnoldo nos va a hacer perder la oportunidad de ganar el campeonato —se quejó Bruno al abandonar el campo de juego.

"Arnold's going to ruin our chances of winning the championship," Boyd grumbled, as he stormed off the field.

Al día siguiente, Bruno llegó temprano para el partido final y sin quererlo asustó al encargado del mantenimiento del campo de juego.

The next day, Boyd showed up early for the final game, accidentally startling the new groundskeeper.

Cuando llegó el entrenador, decidió que trasladarían el juego para el Campo de los Críos.

—Bruno, ¿puedes quedarte para que les avises a los demás integrantes del equipo dónde jugaremos?

—Por supuesto, entrenador —contestó Bruno, cubriéndose la nariz.

When Coach arrived, he decided to move the game to Critter's Field.

"Boyd, can you stay and let the rest of the team know where we're playing?"

"Sure, Coach," Boyd said, covering his nose.

Conforme llegaban los jugadores, Bruno les pidió que fueran al Campo de los Críos y fue marcando sus nombres en su lista. Finalmente, el único nombre que faltaba por marcar era el de Arnoldo.

—Si no aparece pronto, voy a llegar tarde al partido —se quejó Bruno.

As the players arrived, Boyd told them to go to Critter's Field and checked their names off his list. Finally, the only name left was Arnold's.

"If he doesn't show up soon, I'll be late," Boyd grumbled.

Mientras esperaba, Bruno empezó a imaginarse qué podría suceder si Arnoldo no llegaba para el partido...

As Boyd stood there waiting, he started to imagine what would happen if Arnold didn't show up at all...

Bruno en verdad quería ganar el trofeo. Así que no le hizo caso a su conciencia y se fue sin decirle a Arnoldo que jugarían el partido en el Campo de los Críos.

Boyd really wanted to win that trophy. So he ignored the sinking feeling in his stomach, and left without telling Arnold the game was moving to Critter's Field.

EVERYDAY ZOO

Campo comunitario / Community Field

CASA / HOME VISITA / GUEST

0 0 0 0

—¿Hola? ¿Dónde están todos?

"Hello? Where is everyone?"

El partido por el campeonato estaba en pleno apogeo en el Campo de los Críos y Bruno se sentía peor que nunca. En realidad, su estómago se retorcía más que su bola loca.

The championship game was underway at Critter's Field, and Boyd was feeling worse than ever. In fact, his insides were zig-zagging more than his crazy ball.

Cada vez que miraba la pelota de béisbol, todo lo que veía era la cara de Arnoldo que lo observaba.

Every time he looked at the baseball, all he could see was Arnold's face staring back at him.

El entrenador pidió un descanso y reunió al equipo.
—Sin Arnoldo, pareciera que hemos perdido nuestro espíritu —dijo.
—Lo echo de menos —comentó Pepa—. ¿Por qué no habrá venido?

Coach called a time-out and gathered the team together.
"Without Arnold, we seem to have lost our spirit," he said.
"I miss him," said Hayley. "I wonder why he didn't come."

Bruno no se atrevía a decirles la verdad a sus amigos, pero ya no podía guardar más el secreto.

—Porque yo no le dije que el partido sería en el Campo de los Críos —confesó Bruno—. Pensé que tendríamos más posibilidades de ganar el campeonato sin él.

—Pero no sería muy divertido ganar sin Arnoldo —afirmó Pepe.

Boyd was afraid to tell his friends the truth, but he couldn't keep his secret any longer.

"Because I didn't tell him the game moved to Critter's Field!" Boyd confessed. "I thought we might have a better shot at the championship without him."

"But it wouldn't be much fun to win without Arnold," said Harley.

El entrenador colocó un brazo alrededor de Bruno y dijo:
—Cuando hacemos buenas decisiones que agradan a Dios, sentimos calma y paz en nuestro interior. ¿Te sientes en paz luego de haber dejado atrás a Arnoldo?

Coach put his arm around Boyd. "When we make good decisions that please God, we feel calm and peaceful inside. Do you feel peaceful about leaving Arnold behind?"

—¡NO! —exclamó Bruno—. ¡NO me siento en paz! Me siento HORRIBLEMENTE MAL.

"NO!" Boyd said. "I do NOT feel peaceful! I feel ABSOLUTE-LY POSITIVELY AWFUL!"

—Tú sabes que el árbitro toma todas las decisiones importantes en un partido, ¿cierto? —continuó el entrenador—. Pues yo sé de un gran árbitro que te ayudará a tomar buenas decisiones en la vida. El nombre de ese árbitro es PAZ.

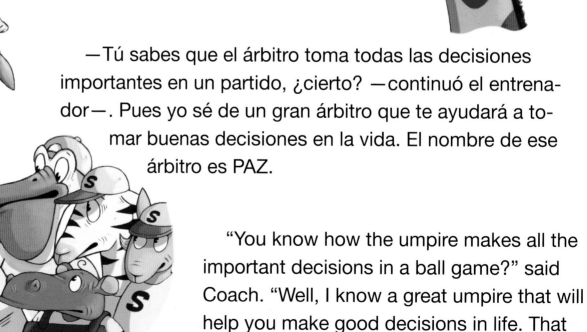

"You know how the umpire makes all the important decisions in a ball game?" said Coach. "Well, I know a great umpire that will help you make good decisions in life. That umpire's name is PEACE."

—¿Cómo se obtiene la paz?
—preguntó Pepa.
—No por haber ganado un partido,
tener un trofeo o aparecer en el periódico
—dijo el entrenador.

"But where does peace come from?"
Hayley asked.
"It doesn't come from winning,
having trophies, or being in the
newspaper," Coach said.

—¡Es el resultado de hacer las cosas
que hacen feliz a Dios! —gritó Bruno
mientras salía corriendo del campo.
—¿Adónde vas? —le preguntó Pepe.
—¡A BUSCAR A ARNOLDO!

"It comes from doing things that make God happy!" Boyd shouted as he ran off the field.
"Where are you going?" Harley called after him.
"TO GET ARNOLD!"

Se jugaba la última entrada y los Salvajes estaban perdiendo cuando Arnoldo, muy nervioso, se acercó al montículo. Había un jugador en cada base y el equipo **tenía** que anotar carrera.

It was the final inning, and the Wilds were behind when Arnold nervously stepped up to the plate. The bases were loaded, and his team **had** to score.

Una vez más, cuando la pelota de béisbol vino zumbando hacia Arnoldo, él se asustó y se convirtió en una bola.

Pero en esta ocasión, cuando dejó caer el bate, oyó un fuerte chasquido.

¡ARNOLDO GOLPEÓ LA PELOTA!

Once again, as the baseball came whizzing in his direction, Arnold got scared and rolled into a ball.

But this time, as he dropped the bat, he heard a small *crack*.

ARNOLD HIT THE BALL!

Cuando el público empezó a aplaudir,
Bruno gritó:
—¡Dale, Arnoldo! ¡Rueda!

As the crowd in the stands cheered,
Boyd yelled, **"Roll, Arnold, roll!"**

Y eso fue justamente lo que hizo Arnoldo. Con toda su fuerza se fue rodando de
una base a la otra: primera, segunda,
tercera… toda la vuelta hasta
llegar a la meta.

And that's just what
Arnold did. He rolled as
fast as he could around
the bases—first, second,
third…all the way back
to home plate.

—¡A salvo!

"Safe!"

¡Los Salvajes ganaron el partido!

The Wilds won the game!

Bruno se sintió muy bien por haber ganado el trofeo.
Sin embargo, había algo mejor que eso...

Boyd felt very good about winning the trophy.
But even better than that...

Nos agradaría recibir noticias suyas.
Por favor, envíe sus comentarios sobre este libro
a la dirección que aparece a continuación.
Muchas gracias.

Vida@zondervan.com

www.editorialvida.com